Lundi
ANNe Herbauts

casterman

Lundi, c'est son nom.

Lundi attend mardi.
Mardi, il pense à mercredi,
et mercredi, il se sent si petit,
si petit que jeudi
il ne sait plus si
demain sera bien vendredi.
Samedi, il s'étonne.
Et dimanche passe en silence.

Bonjour, Lundi !

Bonjour, Théière !

Que dirais-tu d'une tasse de thé,
un sucre et deux cuillères ?

Bonjour, Lundi !

Bonjour, Deux-Mains !

Je suis venu
te serrer la main.

Nos trois amis
se sont assis
devant le grand piano.

Théière joue à l'envers,
Deux-Mains joue plutôt bien
et Lundi est ravi.

Ils jouent longtemps.
Ils ont le temps.

Bonne nuit !

Bonsoir, Lundi !

Enchanté, je suis l'Été.
J'avance dans l'or des blés tranquilles et j'attends
que les formes s'arrondissent. Je regarde les couleurs
prendre de l'épaisseur et les odeurs, de la profondeur.
Repu, j'étends midi au fil des heures
et les ombres reculent, de peur.

Fol **Automne** je suis !

Je vire,

je vente,

je vire*volte,*

rouge, rouille, j'embrouille,
je mens, je vole, je m'envole,
je ris, je fuis !

Mon nom est **Hiver.**
Mon pays est blanc de silence et de froid.
De givre brillent mes étoiles.
Le temps est immobile,
mais soudain se lèvent
le vent, la glace et **la neige.**

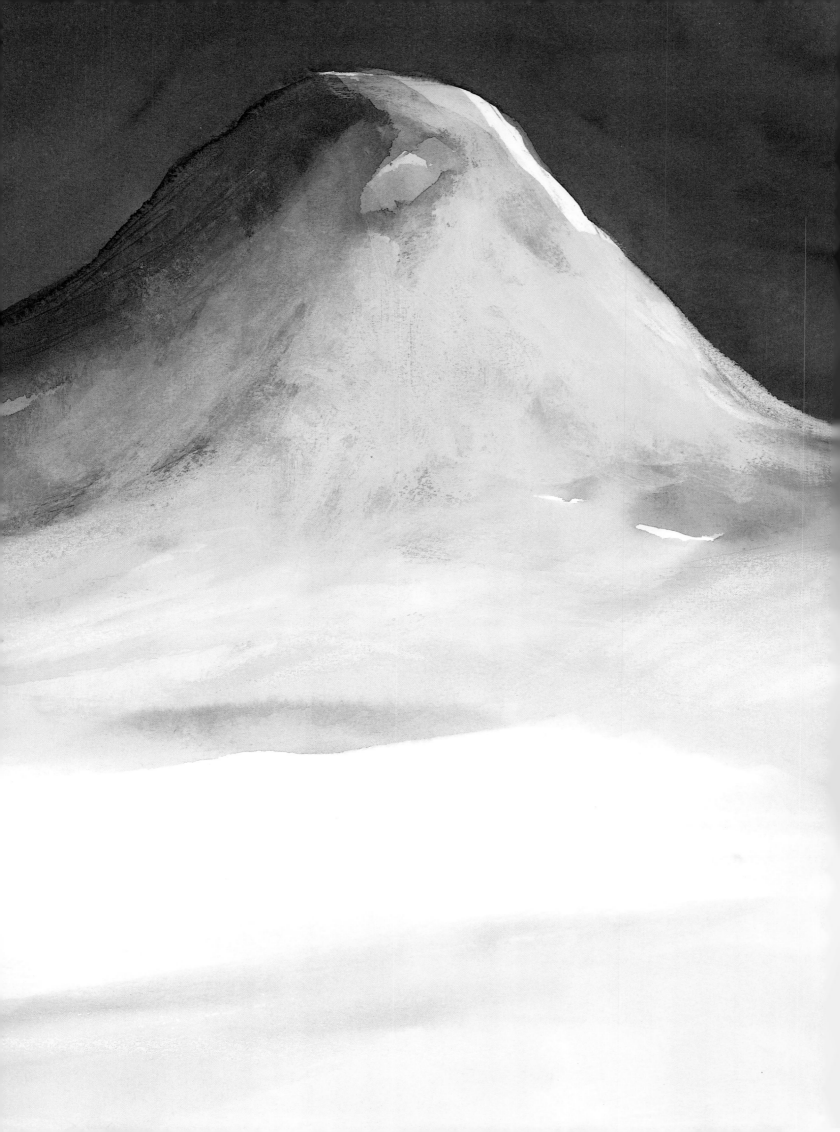

Lundi ?

Lundi ?

Lundi ?

Lundi ?

Te souviens-tu de Lundi ?
Il attendait Théière
et pensait à Deux-Mains.
Il se sentait si petit,
si petit qu'il ne savait plus
rien de jeudi
ni de vendredi.
Il souriait samedi
et dimanche passait en silence.

Et le lundi suivant
vint,
un peu différent
cependant...

Lundi, c'est son nom.

ANNe Herbauts
Chez Casterman

Mise en page : Anne Quévy, Plume production

www.casterman.com
ISBN 2-203-55202-6
© Casterman 2004

Déposé au ministère de la Justice, Paris (loi n° 49.956 du 16 juillet 1949 sur les publications destinées à la jeunesse)
Imprimé en République de Singapour. Dépôt légal : octobre 2004 ; D.2004/0053/296